*À ma petite Stéphanie*
*et à son « P'tit bout » chéri*
CKD

Loi n° 49 956 du 16 juillet 1949 sur les publications
destinées à la jeunesse : mai 1992
Dépôt légal : mars 1995
Imprimé en France par Jean Lamour à Maxéville

# Petit bout tout doux

Texte de Claude Lager
Illustrations de Claude K. Dubois

Pastel
lutin poche de l'école des loisirs
11, rue de Sèvres, Paris 6$^{e}$

Louise a un petit bout, un petit bout tout doux, qui l'accompagne partout.

Louise joue à la poupée
avec son petit bout.

Elle fait de la magie avec son petit bout.

Elle mange avec son petit bout.

Elle va sur le pot
avec son petit bout.

Parfois même, Louise pleure dans son petit bout.

Mais surtout, Louise dort avec son petit bout.
Sans son petit bout, Louise ne peut pas dormir.

Ce soir, Louise ne trouve pas
son petit bout.

Elle cherche sous l'oreiller,

sous les couvertures, sous le lit…
Pas de petit bout.

Louise réfléchit…
Peut-être au jardin ?

Elle regarde par la fenêtre.
Le soir, le jardin est tout noir.

Tant pis !

Louise enfile son gros manteau, met ses bottes et sort dans le jardin tout noir.

Louise a peur. Elle ne reconnaît rien.
Le jardin est bien plus grand que d'habitude et,
sous ses pas, le gravier fait un bruit bizarre.

Soudain, Louise trébuche...
Mais c'est le banc !

Le banc où elle joue à la poupée...
Et voilà le petit bout, le petit bout oublié
sur le banc avec la poupée.

Maintenant, Louise peut enfin dormir.

# Petit bout plein de trous

Un jour, maman dit :
« Louise, ton petit bout est dégoûtant, il sent mauvais, il est plein de trous ! Il faut le jeter.
Je t'en donnerai un autre, tout propre, tout beau, tout doux. »

« Non ! » dit Louise en serrant son petit bout.
« Allons », dit maman, « lâche ce vieux chiffon plein de poux ! »

« Non », dit Louise en s'asseyant sur son petit bout.

Maman attrape le petit bout par un coin.
De toute ses forces, Louise le retient.

Maman tire. Louise tire.
Le petit bout se déchire !

Louise regarde les deux morceaux
et éclate en sanglots.

Louise pleure pendant une heure…
Maman n'en peut plus.

« Écoute, Louise », dit-elle, « ton petit bout, je vais le réparer, le laver, le sécher. Il sera comme neuf, tout beau, tout doux. » Et Louise arrête de pleurer.

Maman rassemble les deux morceaux.
Elle les coud, répare les trous, puis elle met le petit bout dans la machine à laver.
Louise regarde son petit bout qui tourne, tourne dans la mousse.

Un peu plus tard, maman le met à sécher au jardin,
sur la corde à linge.

Louise s'assied sur le banc et surveille son petit bout qui flotte au vent.

Ce soir, Louise dort avec son petit bout.
Il sent bon, il est doux, bien plus doux qu'avant…